Moraliserende Digte

The American Struwwelpeter or Slovenly Betsy og andre vers fra de forrige århundreder

04-08-2015

Hansi Hovmand

Til Morten

Alle tiders svigersøn

Sagen var den, at hun havde læst en mængde små, rørende historier om børn, der havde brændt sig eller var blevet ædt af vilde dyr, og mange andre ubehagelige ting, blot fordi de ikke *ville* høre, hvad de voksne havde sagt til dem …

Lewis Carroll
Alice i Eventyrland.

DA DU VAR BARN, var du …

Altid artig, aldrig kræsen?
En, som sjældent skrabed' næsen?
En, som aldrig gjorde støj
Og passed' på sit legetøj?
Den, der nød at gå i skole?
Og aldrig kravled' op på stole?
Den, som mor og far adlød?
Og aldrig gjord' hvad de forbød?
En, der nød at blive vasket?
Og hvis hår sad aldrig slasket?
En, som holdt sin mor i hånden
Under bøn til Helligånden?

Enten kan du ikke huske
Eller du er løgner, måske,
Og skal derfor ikke have
Denne bog i julegave.

INDLEDNING.

En af de første bøger jeg købte for egne penge var "Den Store Bastian".

Det var i 1948, jeg var 13 år gammel, lige kommet fra Australien til Danmark med mine forældre og skulle lære det svære danske sprog. I sommerferien terpede jeg grammatik og udtale hos lærer Kierkegaard fra Lindegårdsskolen i Lyngby, for ellers var det tvivlsomt, om jeg kunne komme op i næste klassetrin (2. mellem) til august. Jeg læste alt, hvad jeg kunne få fat i, efter gode råd også børnebøger, selv om jeg egentlig var for gammel til det.

Hvorfor det netop blev bogen "Den Store Bastian" kan jeg ikke længere huske, tegningerne tiltalte min humoristiske sans - med en tysktalende mor var jeg opvokset med "Max und Moritz" af Wilhelm Busch. De letbenede vers fængede, snart kunne jeg dem udenad og kunne få øje på digtenes dramatiske, episke opbygning, sådan som det efter min mening tydeligst kommer frem i historien om Rokke-Hans.

Samtidig blev Bastian for mit vedkommende til en livslang interesse for værkets mange varianter, på dansk kan nævnes "Den store Bastian for Voksne - Lystige historier og morsomme billeder" af Arne Ungermann (1902 - 1981) fra 1949 og senere "Den sorte Bastian - eller tro på dig selv" af Rune T. Kidde fra 1992 med illustrationer af Flemming Quist Møller. I Tyskland, England og Amerika udkom alle mulige varianter og plagiater på tysk, engelsk og amerikansk over de næste 100 år.

De første plagiater blev som regel udgivet anonymt under pseudonymer, der var variationer over forfatteren Heinrich Hoffmann navn: Henrik/Henry Hofmann/Hofman. Jeg følger gerne traditionen og gemmer mig i denne udgivelse bag pseudonymet Hansi Hovmand. Venner og bekendte vil dog ikke have svært ved at genkende min identitet.

ADVARSEL. Tempora mutantur, et nos in illis mutamur.
For 100 år siden var "Slovenly Betsy" en børnebog. Som følge af den politiske korrekthed, der har præget samfundet de seneste årtier, er denne gendigtning absolut ikke en bog for børn! Så er man advaret.

J.P.A.J.

Nogle opklarende bemærkninger.

Denne bog handler ikke blot om Hoffmans Struwwelpeter og den første amerikanske plagiat "Slovenly Betsy" (Sjuske Dorte). Set fra en anden indfaldsvinkel har jeg medtaget en række engelske og tyske moraliserende digte, som er udkommet i løbet af de sidste 150 år, næsten som et litterært modefænomen, hvor konsekvensen af ikke at være et artigt barn beskrives på en humoristisk overdreven måde.

Det har været tradition i årtusinder at udmale følgerne af at være "uartig": tænk f.eks. på den Gamle Testamentes beretning om profeten Elisa og bjørnene, og den katolske kirkes katekismus. Som barn lå jeg søvnløs og badet i sved i sengen ved tanken om Helvedes evige pinsler, som blev sat mig i udsigt i tide og utide. Men her var der tale om belæring af voksne, og humoren manglede. Den er der i de moraliserende digte, og desuden er indholdet, modsat religion, ikke rigtig noget man skulle tro på.

Man skal heller ikke forestille sig at disse rædselsvækkende værker har haft nogen profylaktisk effekt. Jeg er endda heller ikke sikker på, at de i det hele taget har haft nogen effekt, forebyggende eller traumatiserende, på de børn, der fik dem læst i en tidlig alder, for inderst inde vidste de, at det ikke var sandt, ikke noget de troede på. Den sødmefulde gru ved at blive skræmt fra vid og sans hører nu en gang barndommen til. Den aftager hos den forstandige voksne.

Jeg begynder med Heinrich Hoffmann og Struwwelpeters amerikanske pendant, Slovenly Betsy, som jeg har kaldt Sjuske-Dorte, så kommer nogle digte af den fransk-engelske digter Hillaire Belloc, for at slutte af med mesteren over dem alle, Wilhelm Busch.

De bøger, der er brugt som grundlag for denne bog, er alle under public domain og er at finde på internettet. Der kan mn også finde de originale illustrationer, der varierer mellem det naivt tiltalende og det barokke rædselsvækkende. I denne bog har ladet ordene være den eneste illustration.

Heinrich Hoffmann.

Lægen Heinrich Hoffmann fra Frankfurt skrev sit første udkast til Struwwelpeter i 1844, som en julegave til sin 3årige søn, da han ikke var tilfreds med de børnebøger, der var til fals hos boghandlerne. Hans endelige udgave af "Struwwelpeter. Lustige Gesichten und drollige Bildern" (lystige historier og morsomme billeder) lå som en "bestseller" i butikkerne i 1846 og dens popularitet bredte sig med vindens hast over Tyskland og Europa og senere Amerika.

Ud over det moraliserende forord, hvor børn formanes til at opføre sig pænt, hvis de skal gøre sig håb om at få julegaver, består bogen af 9 korte digte, hvor moralen træder tydeligt frem: Hvis du opfører dig sådan og sådan, kan du trygt regne med ... og i tilgift en fjollet lille historie, som ikke er af opdragende natur, men fortæller om en jæger og en hare, hvor rollerne bliver byttet om. Samtlige hovedpersoner er drenge, undtagen pigen, der leger med tændstikker.

Jeg skal ikke blande mig i den pædagogiske debat, der fulgte i kølvandet på Hoffmanns bog, ofte med mange årtiers forsinkelse. Jeg føler mig overbevist om at forfatterens eneste mål var at fornøje læserne, selv om følgerne af afvigelserne fra "det artige" tit er lemlæstelse og død. Situationerne er oftest så barokke, at børn af en vis alder, og her tænker jeg på dem, der kan læse selv, næppe vil tage dem alvorligt.

Hoffmann fortalte selv om sin ærgrelse ved at skulle optræde på lige fod med skorstensfejeren i datidens daglige børneopdragelse. ("Hvis du ikke er artig ... kommer skorstensfejeren og tager dig ... sætter lægen igler på dig ... giver lægen dig bitter medicin"). Hoffmann har yderligere berettet, at han som regel kunne få sine urolige små patienter til at falde til ro ved hjælp af papir og blæk, og at små tegninger og fortællinger kunne sikre en god kooperation fra barnets side ved lægens undersøgelse.

Skulle der være enkelte, der ikke kender "Struwwelpeter" skal hermed kort refereres:

1) Struwwelpeter optræder i en fugleskræmsellignende fremtoning, fordi han aldrig redte sit hår eller lod sine negle klippe. Følgen er drilleri og almen afsky.

2) En slem dreng, der ødelægger alt, slår løs på en hund. Følgen er, at hunden bider ham, og mens han vantrives i sygesengen, får hunden hans aftensmad.
3) En lille pige overhører alle advarsler og leger med tændstikker. Følgen er, at hun brænder ihjel.
4) Tre slemme drenge driller en sort person. Følgen er at Bastian eller St. Nikolas dypper dem i sit blækhus, så de bliver endnu sortere end deres offer.
5) Den føromtalte historie om jægeren og haren.
6) Trods mange formaninger bliver en dreng ved med at sutte på tommelfingeren. Følgen er at skrædderen klipper begge af med sin lange saks.
7) En dreng bliver pludselig kræsen. Følgen er, at han dør af sult.
8) En dreng vil ikke sidde stille ved bordet. Følgen er, at alt rives ned på gulvet, og forældrene får ingen aftensmad.
9) En dreng kigger altid op mod himlen og ser sig ikke for. Følgen er, at han falder i vandet.
10) En dreng går ud i uvejret med sin paraply. Følgen er, at han flyver til vejrs og er ikke set siden.

Tolkningerne af disse skæbner er mangfoldige, de er blevet udlagt som beskrivelser af de syv dødssynder (hovmod, griskhed, nydelsessyge, misundelse, fråseri, vrede og ladhed (dovenskab) og som medicinske og psykiatriske diagnoser (anorexi, epilepsi, ADHD eller DAMP-syndrom).

I den danske udgave, Den store Bastian, er 3 af drengene blevet byttet ud med piger: Hanne som ville eje alt (følgen er, at hun drukner i en sø, da hun løber ud efter månens spejlbillede), Slikke Rikke, der vil smage og lugte til alt (følgen er, at hun får en permanent rød næse) og Sofie, der altid skal spejle sig (følgen er, at hun bliver vansiret, da vinden skifter retning og vejrhanen derved drejer sig). Rækkefølgen er byttet om, og Struwwelpeter ("Fugleskræmslet") slutter bogen af.

Piger har optrådt i de forskellige varianter i Hoffmann-parodierne siden 1850.
I en af de tidligste, hvor Struwwelpeter foretager en rejse gennem Donau-landene, genser han en Struwwelsusi og konstaterer, at hun har ændret sin tidligere sjuskede udseende, så hun nu fremstår som et mønsterbarn. ("So reinlich, so manierlich, bescheiden, artig und zierlich" – så renlig, så manerlig, beskeden, artig og sirlig) I 1864 udkom flere fortællinger om Schreiliesel: ("Wie die Schreiliesl sich nicht waschen will; Wie die Schreiliesel seine Milch nicht trinken will; Wie die

Kinder mit Schreiliesel nicht spielen wollen" (Skrigelise: om hvordan Skrigelise ikke ville vaske sig, om hvordan Skrigelise ikke ville drikke sin mælk, om hvordan de andre børn ikke ville lege med Skrigelise). I 1890 møder vi Struwwelliese, som i modsætning til Hoffmans oprindelige persongalleri får korporlig straf af sine forældre, og det uden indlysende foranledning: efter 14 dages sengeleje efter et maveonde får Liese ris i rumpen af sin mor. Og da hun glemmer at bede sin aftenbøn må hendes skytsengel vige pladsen for en grum hætteklædt figur, der truer hende med et ris. Struwwelhanne fra ca. 1912 er en klodset pige, der kravler op på stole i stedet for at sidde artigt. Rækken fortsætter til op i 1990erne med Struwwelpaula, en uvorn punkertype, der maler graffitti på togene.

I forbifarten skal en engelsk parodi på Struwwelpeter, Struwwelhitler, nævnes. Den udkom i 1942 og gjorde nar af Nazityskland ved hjælp af flere figurer fra Hoffmanns persongalleri.

Jeg har ikke gjort forsøg på at gendigte Struwwelpeter, den danske "Den store Bastian" er en fremragende og efterhånden klassisk gengivelse

DEN AMERIKANSKE BASTIAN.

Den Amerikanske udgave af Struwwelpeter, "Slovenly Betsy", som jeg her har gengivet på dansk, udmærker sig ved, at samtlige hovedpersoner, der på grund af deres unoder trænger til en moraliserende pegefinger, er piger. Bogen blev udgivet i slutningen af det nittende århundrede under pseudonymet Henry Hoffmann. Der er ikke enighed om, hvem forfatteren er, meget tyder på at det er Walter Hayn, der ellers anføres som bogens illustrator.

Emnerne, der behandles, er af en grovere art end i den oprindelige Struwwelpeter, der er 10 fortællinger.

1) Slovenly Betsy (Sjuske Dorte), der aldrig holder sit tøj i orden eller sørger for den personlige hygiejne. Følgen er, at hun bliver til grin – med en overraskende slutning.
2) Phoebe Ann, the proud girl ("Mathilde-Lou, den stolte pige"), der knejser med nakken af stolthed og selvglæde. Følgen er, at hun bliver misdannet på det grusomste.
3) Pauline and the matches ("Jette og tændstikkerne") om en pige der leger med ild. Følgen er, at hun brænder ihjel.
4) Lazy Charlotte ("Den dovne Charlotte"), der ikke gider strikke. Følgen er, at hun må gå i skole uden strømper.
5) The cry-baby ("Tudemarie"), der hele tiden græder. Følgen er, at hendes øjne falder ud og hun bliver blind.
6) Romping Molly ("Den vilde Sidse"), der altid leger voldsomt. Følgen er, at hun brækker benet.
7) A dirty child ("Et snavset ansigt") om pigen, der aldrig vil vaskes. Følgen er, at hun ingen venner eller bejlere får.
8) Envious Minnie ("Den misundelige Marie") der er misundelig på alt og alle. Følgen er, at hun bliver gul.
9) The little glutton ("Slikke-Rikke"), der spiser og slikker alt sødt. Følgen er, at hun bliver overfaldet af bier – med en overraskende drejning til sidst.

10) Sophie Spoilall ("Sofie ødelæggeren"), der slår alt itu. Følgen er, at hun ingen julegaver får.

Der kan drages flere paralleller til Struwwelpeter, som minder både om "Sjuske Dorte" og "et snavset ansigt", "Slikke Rikke" har sin danske pendant i Den store Bastian, "Den vilde Sidse" og "Sofie ødelæggeren" har fællestræk med "Den slemme Frederik". Pauline/Jette er plagieret direkte fra Heinrich Hoffmanns Struwwelpeter.

Jeg har bestræbt mig på at overholde de originale digtes simple versefødder og rim, med et bevidst "altmodich" sprogbrug og med let genkendelige inspirationer fra "Den store Bastian" fra 1948, og inspireret af Slovenly Betsys forfatter, har jeg tyvstjålet den danske oversættelse af Jettes leg med tændstikkerne.

SLOVENLY BETSY

Betsy would never wash herself
When from her bed she rose,
But just as quickly as she could
She hurried on her clothes.
To keep her clothes all nice and clean
Miss Betsy took no pains;
In holes her stockings always were,
Her dresses filled with stains.

Sometimes she went day after day
And never combed her hair
While little feathers from her bed
Stuck on it here and there.
The schoolboys, when they Betsy saw,
Would point her out, and cry,
"Oh! Betsy, what a sight you are!
Oh! Slovenly Betsy, fie!"

One rainy day her parents went
Some pleasant friends to meet.
They took Betsy along with them
All dressed so clean and neat.
Nice little boys and girls were there
With whom our Betsy played
Until of playing she grew tired,
And to the garden strayed.

And in the rain she danced awhile
But 'twas not long before
Flat down she tumbled in the mud
And her best clothes she tore.
Oh! what a sight she was indeed
As in the room she came;
The guests all loudly laughed at her,
And she almost died with shame.

She turned, and to her home she ran,
And there, as you can see,
She washed her clothes, and since has been
As neat as she could be.

SJUSKE-DORTE.

Hun Sjuske-Dorte hed - og var.
Fra sengen sprang hun op,
tog tøjet på og glemte helt
at vaske ren sin krop.
At holde tøjet pænt og rent
vor Dorte aldrig gad,
i strømperne var huller
og på kjolen pletter sad.

I dagevis hun gik omkring
med snavset, uredt hår,
man kunne tit på kjolen se,
den mad hun fik i går.
Når drengene i skolen så
på Sjuske-Dortes tøj,
de råbte: "Se den sjuske der
Åh! Sjuske-Dorte - føj!"

En regnvejrsdag forældrene
en gang gik på besøg,
og Dorte tog de med. Hun var
så pyntet i sit tøj.
Og andre søde børn var der,
de legede så godt;
men så fik Dorte nykker,
gik i haven. - Der var vådt.

Hun dansede i regnen
og før hun så sig om
sås huller i det pæne tøj,
med mudder udenom.
Oh! Hvilket syn vor Dorte var!
Hun kom i stuen ind
og alle gæster lo så højt,
at hun blev rent til grin.

Hun vendte om og til sit hjem
hun løb så fuld af skam,
og siden har hun flittigt
anvendt sæbe, vand og kam.

PHOEBE ANN, THE PROUD GIRL.

This Phoebe Ann was a very proud girl
Her nose had always an upward curl,
She thought herself better than all others beside,
And beat even the peacock himself in pride.
She thought the earth was so dusty and brown
That never, by chance, did she look down;
And she held up her head in the air so high
That her neck began stretching by and by,
It stretched and it stretched, and it grew so long,
That her parents thought something must be wrong.
It stretched and stretched, and they soon began
To look up with fear at their Phoebe Ann.

They prayed her to stop her upward gaze,
But Phoebe kept on in her old pride ways.
Until her neck had grown so long and spare
That her head was more than her neck could bear. -
And it bent to the ground, like a willow tree,
And brought down the head of this proud Phoebe.
Until whenever she went out a walk to take
The boys would shout, "Here comes a snake!"
Her head got to be so heavy to drag on,
That she had to put it on a little wagon.

So don't, my friends, hold your head too high,
or your head may stretch too, by and by.

MATHILDE LOU, DEN STOLTE PIGE.

Mathilde Lou var en pige så stolt
som altid næsen mod himlen holdt.
Så stolt som en påfugl hun gik omkring
og regnede andre for ingenting.
Hun syntes at jord var brun og beskidt
og løftede foden med høje skridt
og knejste med nakken, så meget at
Mathildes holdning ændredes brat.
Thi halsen blev længere dag for dag.
Se, det var en helt alvorlig sag.
Forældrene tænkte - hør ærligt talt,
til sidst må dette jo ende galt.

De bad hende inderligt om at se
lidt mindre opad, men ak og ve!
Hun fortsat rettede næsen mod sky -
til sidst blev hovedet tungt som bly,
og halsen hang ned som et piletræ.
Hvor end hun færdes, det lille kræ
en trækvogn må hovedet hvile på
når hun en tur i parken vil gå.
Små drenge råbte: "En slange! Pas på!"
så snart de stakkels Mathilde så.

Pas på med at knejse med nakken, du!
Stolthed kan ende med skræk og gru!

THE DREADFUL STORY OF PAULINE AND THE MATCHES.

Mamma and Nurse went out one day,
And left Pauline alone at play;
Around the room she gayly sprang,
Clapp'd her hands, and danced, and sang.
Now, on the table close at hand,
A box of matches chanced to stand.
And kind Mamma and Nurse had told her,
That if she touched them, they would scold her.
But Pauline said, "Oh! what a pity!
For when they burn, it is so pretty;
They crackle so, and spit, and flame,
And Mamma often burns the same,
I'll only burn a match or two
As I have often seen my mother do.

When Minz and Mounz, the cats, heard this,
They said, "Oh! naughty, naughty Miss.
Me-ow!" they cried, "Me-ow, me-o',
You'll burn to death, if you do so,
Mamma forbids it, don't you know?"

But Pauline would not take advice,
She lit a match, it was so nice!
It crackled so, it burnt so clear. -
Exactly like the picture here.
She jumped for joy and ran about,
And was too pleased to put it out.

When Minz and Mounz, the cats, saw this
They said, "Oh! naughty, naughty Miss!"

And raised their paws
And stretched their claws;
" 'Tis very, very wrong you know,
Me-ow, me-o, me-ow, me-o!
You will be burnt, if you do so,
Mamma forbids it, don't you know?"

Now see! Oh see! A dreadful thing
The fire has caught her apron string;
Her apron burns, her arms, her hair;
She burns all over, everywhere.

Then how the pussy cats did mew,
What else, poor pussies, could they do?
They screamed for help, 'twas all in vain,
So then they said, "We'll scream again.
Make haste, make haste! Me-ow, me-o!
She'll burn to death - we told her so."

Pauline was burn'd with all her clothes,
And arms and hands, and eyes and nose,

'Till she had nothing more to lose
Except her little scarlet shoes;
And nothing else but these were found
Among her ashes on the ground.

And when the good cats sat beside
The smoking ashes, how they cried,
"Me-ow, me-o! Me-ow. me-oo!
What will Mamma and Nursey do?"
Their tears ran down their cheeks so fast
They made a little pond at last.

EN MEGET SØRGELIG HISTORIE OM TÆNDSTIKKER.

Da Jettes Fa'r og Mo'r gik ud
De talte saa til hende:
"Du kære Barn, hør nu vor Bud,
"Vi snart tilbage vende,
"Imidlertid vær klog og snild
"For alting rør ej Lys og Ild,
"Du ellers selv vil brænde."

Hun Tændstikker saa
Paa Bordet at staa:
Miau! Miau! knurrer Mis
Miau! Miau! brummer Kis,
Med Poten de true:
"Du brænder i Lue!"

Om "Kis" og "Mis" hun sig ej brød'
En Tændstik rask hun gnider,
og mens den gnistred gul og rød
Den svang til alle Sider,.
"Jeg laver kan Fyrværkeri,
"Saa smukt som det i Tivoli
"Jeg saa ved Midnatstider!"

Saa Jette hun skreg,
Og vedblev sin Leg.
Miau! Miau! sukker Mis,
Miau! Miau! stønner Kis,
Med Poten de true:
"Du brænder i Lue!"

Men hun lod Katten være Kat,
Og sprang på Bord og Stole.
O! Ve! . med et faar Ilden fat
I hendes røde Kjole!
Af Skræk og Smerte springer om
I Stuen stakkels Jette, som
Paa Marken vilden Fole.

Og Jammerskrig lød:
"Hjælp! Hjælp! i min Nød"
Miau! Miau! skraaler Mis,
Miau! Miau! vræler Kis,
"Hvor rædsomt at skue!
"Hun brænder i Lue!"

Ak! hele Jette brændte op
Trods Skrig og Jammerklage!
Af Hoved, Arme, Ben og Krop,
Af alt kun blev tilbage
En Askehob! . men kun de to
Smaa nysselige røde Sko
Ej Ilden nænte tage.

Forældrene græd,
(Og Kattene med)
Miau! Miau! tuder Mis,
Miau! Miau! hyler Kis,
De Taarer udgyde,
Som Bække de flyde.

WHAT HAPPENED TO LAZY CHARLOTTE.

"Here, Charlotte" said Mamma one day,
"These stockings knit while I'm away
And should you fail, be sure you'll find
Mamma is strict, although she's kind."
But Charlotte took a lazy fit,
and she did not feel inclined to knit;
And soon upon the ground let fall
Needles and worsted, hose and all.
"I shall not knit." said she, "not I,
At least not now, but by and by"
Then stretched, and yawned, and rubbed her eyes,
Like sluggards, when it's time to rise.

But when Mamma came home, and found
The work all strewed upon the ground,
Quoth she, "You will not knit, and so
to school barefooted you shall go."
This put poor Charlotte in a fright,
and though she knew, it did her right,
She wept, and begged, and prayed; but still
She could not change her mother's will.
To school, where all were spruce and neat,
Poor Charlotte went with naked feet.
Some showed their pity, some their pride,
While Charlotte hid her face and cried.

DEN DOVNE CHARLOTTE.

"Charlotte! Hør min kære ven
Jeg skal til Tante Lise hen.
Imens så kan du glæde mig
og strikke, som jeg lærte dig,
så du kan nye sokker få
når du i skole snart skal gå."
Imidlertid gad pigen ej
at strikke - nikke-nikke-nej.
"Det passer ikke til min hu -
i hvert fald ikke lige nu".
Hun øjne gned og strakte sig
og ville bare hvile sig.

Men da Mamma kom hjem og så
at strikketøj på gulvet lå,
hun sagde: "Så, min pige må
med bare ben i skole gå!"
Charlotte så sig i et spejl,
hun vidste, det var hendes fejl.
Men her hjalp ingen kære mor,
barfodet hun til skolen går.
De andre børn var pænt klædt på
Charlotte må alene stå.

Forgæves hun om sokker bad,
fordi hun ikke strikke gad.

THE CRY-BABY.

Oh, why are you always so bitterly crying?
You surely will make yourself blind.
What reason on earth for such sobbing and sighing,
I pray, can you possibly find?
There is no real sorrow, there's nothing distressing,
To make you thus grieve and lament.
Ah! no; you are just at this moment possessing
Whatever should make you content.

Now do, my dear daughter, give over this weeping."
Such was a kind mother's advice,
But all was in vain; for you see she's still keeping
Her handkerchief up to her eyes.
But now she removes it, and oh! she discloses
A countenance full of dismay;
For she certainly feels, or at least she supposes
Her eyesight is going away.

She is not mistaken, her sight is departing;
She knows it and sorrows the more;
Then rubs her sore eyes, to relieve them from smarting
And makes them still worse than before.
And now the poor creature is cautiously crawling
And feeling her way all around;
And now from their sockets her eyeballs are falling;
See, there they are down on the ground.

My children, from such an example take warning
And happily live while you may;
And say to yourselves, when you rise in the morning
I'll try to be cheerful today."

TUDE-MARIE.

"Hvorfor skal du altid så jammerligt græde?
hvad tynger din sjæl og dit sind?
Kan intet dog give dig inderlig glæde -
jeg frygter, du græder dig blind.
Der er ingen grund til den sukken og klagen,
du burde jo være så glad
for alt hvad du ejer af legetøjssager
og kjoler, og tryghed, og mad.

Så derfor min datter, hold op med at tude."
var søde Mammas gode råd -
forgæves, for datterens lommetørklæde
på ny blev så drivende våd.
Men da hun det fjerner, man ser med det samme
at noget er grueligt galt.
Hun råber om hjælp, men begynder at stamme,
af rædsel hun føler sig kvalt.

Hun mærker at synet forsvinder så stille,
bli'r svagere for hvert minut;
først var der en skygge, nu mærker den lille
at nu er det endelig slut.
Hun famler og kravler for ikke at falde
imens sine øjne hun gned.
og inden hun nå'de på nogen at kalde
på jorden de trillede ned.

Af denne historie drag denne lære
at lyssyn bør præge din dag.
Om morgenen bør din beslutning nu være:
"Jeg vil ikke tude i dag."

THE STORY OF ROMPING POLLY

"I pray you now, my little child"
Thus once a kind old lady
Spoke to her niece in accents mild
"Do try to be more steady.

I know that you will often see
Rude boys push, drive and hurry
But little girls should never be
All in a heat and flurry."

While thus the lady gave advice,
And lectured little Polly,
To see her stand, with downcast eyes,
You'd think she owned her folly.
She did, and many a promise made;
But when her aunt departed,
Forgetting all, the silly maid
Off to the playground started.

Now see what frolic and what fun,
The little folks are after;
Away they jump, away they run,
With many a shout and laughter.
But fools who never will be taught,
Except by some disaster
Soon find their knowledge dearly bought,
And of a cruel master.

This little girl, who, spite of all
Her good old aunt had spoken,

Would romp about, had such a fall,
That her poor leg was broken.
In sore amaze those standing by
Then placed her on a barrow,
But Oh! to hear her scream and cry
Their souls it sure did harrow.

See how her brother bursts in tears
When told the dreadful story;
And see how carefully he bears
The limb all wet and gory.
Full many a week, screwed up in bed,
She lingered sad and weary;
And went on crutches, it is said,
Until she died so dreary.

HISTORIEN OM DEN VILDE SIDSE.

"Oh! lyt til mine gode råd
min kære Sidse-lille -
Du hopper som et føl så kåd,
prøv nu at sidde stille.
De frække drenge skubber vildt
og løber uden tanker.
En pige burde sidde blidt
imens hun blomster sanker."

Det var en kærlig tantes ord
Alt til sin unge niece,
mens pigen stod og så mod jord
og gned sig på sin næse.
Hun lovede, hun skulle nok
en artig pige være.
Da tanten gik, med hat og stok,
hun glemte hendes lære.

Hun tog til legepladsen hen,
der hørtes leg og latter,
der hoppes om og om igen,
og ingenting hun fatter.
Der findes mange børn, som tror
at fjolle er en rar ting -
de lytter ej til visdomsord
men lærer af erfaring.

Og tantes ord blev hurtigt glemt
for pigens egne nykker.
Hun sprang omkring og faldt så slemt
at benet gik i stykker.

Og vidner til den slemme dåd
fik pigen lagt på båre,
mens hendes skrig og jammergråd
dem smertede så såre.

Da hendes broder kærlig var,
med øjne fuld af tårer
forsigtigt han på stumpen bar
hen til sin søsters båre.
I ugevis til sengs hun lå,
med lodder og med trisser,
og til sin død hun måtte gå
på krykker, stakkels Sidse.

THE STORY OF A DIRTY GIRL.

The little girls whom now you'll see
Were sisters in one family;
And both enjoyed an equal share
Of a kind mother's anxious care.
This one in neatness took a pride
And oft the comb and brush applied;
Oft washed her face, and oft her hands;
See, now, thus occupied she stands.

The other - oh! I grieve to say
How she would scream and run away,
Soon as she saw her mother stand
With water by, and sponge in hand,
She'd kick and stamp, and jump about
And set up such an awful shout
That one who did not know the child,
Would say she must be going wild.

In consequence it came to pass
While one was quite a pretty lass,
And many a find admirer gained,
And many a little gift obtained,
The other, viewed with general scorn
Was left forsaken and forlorn,
For no one can endure to see
A child all dirt and misery.

Behold how needful 'tis that we should clean in dress and person be;
Or else, believe me, 'tis in vain we hope affection to obtain.
A sloven will be always viewed with pity by the wise and good;
While ev'n the vicious and the base behold with scorn a dirty face.

ET SNAVSET ANSIGT.

"At være net fra top til tå
det klæder alle piger små."
To piger fik af deres mor
besked om denne rettesnor.
Men kun den ene tog sig tid
at nette sig hver dag med flid.
Hun redte håret, vasked' sig.
Det gik jo næsten som en leg.

Den anden pige, jeg med skam
Må melde, aldrig brugte kam,
stod moder med en vaskeklud,
løb pigen straks fra stuen ud.
Soigneres var et ukendt ord
for pigen, der blev sort som jord
på ansigt, hænder, hals og hår
og aldrig negle klippet får.

Og følgelig det gik så galt:
den ene, har jeg fåt fortalt,
fik slik og kys og søde ord,
den anden (hende sort som jord)
fik aldrig kys - og nej, såmænd
ej heller nogen hjertensven.

Heraf du lære kan, mit barn,
der forskel er på "skin" og "skarn";
forgæves ellers søger vi
at opnå værdighed og pli.
Mod dovenskab de fleste ved at vise lidt medlidenhed.
Et ansigt, sort, med snavs belagt hos alle vækker kun foragt.

ENVOUS MINNIE.

Now Minnie was a pretty girl,
Her hair so gracefully did curl;
She had a slender figure too,
And rosy cheeks, and eyes of blue,
And yet, with all those beauties rare,
Those angel eyes and curly hair,
Oh! many, many faults had she,
The worst of all was jealousy.

When on the brilliant Christmas tree
St. Nicholas hung his gifts so free,
The envious Minnie could not bear
With any one those gifts to share,
And when her sisters' birthdays came
Minnie (it must be told with shame)
Would envy every pretty thing
Which dear Mamma to them would bring.

Sometimes great tears rolled from her eyes
Sometimes she pierced the air with cries,
For hours together she would fret
Because their toys she could not get.
Ah! then! how changed this pretty child,
No longer amiable and mild
That fairy form and smiling face
Lost all their sprightliness and grace.

Her tender mother often sighed
And to reform her daughter tried.
"Oh, Minnie, Minnie," she would say,
"Quite yellow you will turn some day."

Now came the merry Christmas feast;
St. Nicholas brought to e'en the least
Such pretty presents rich and rare
But all the best for Minnie were.
Now to her little sister Bess
St. Nicholas brought a yellow dress;
This Minnie longed for (envious child),
And snatched it from her sister mild.
Then all in tears did Betsy run
To tell her mother what was done.
Then Minnie ran triumphantly
To try the dress on, as you see.
But Minnie was not satisfied,
She pouted, fretted, sulked and cried,
Sisters and brothers had no rest, -
She vowed their presents were the best.

And springing quickly to the glass,
What saw she there? Alas! Alas!
Oh! what a sad, such deep disgrace!
She found she had a yellow face.
"Ah, me!" she cried, now in despair,
"Where are my rosy cheeks - oh where?"
Exclaimed her mother, "Now you see
The punishment of jealousy"

DEN MISUNDELIGE MARIE.

Marie var en pige sød
med øjne blå, en kind så rød
og krøller i sit gyldne hår,
der næsten ned til taljen når.
Men selv om pigen var så pæn
med engleøjne, ferskenteint.
hun havde sine fejl, fordi
hun var besat af jalousi.

Når julegaverne blev lagt
ved træets fod i al dets pragt
Marie ville have alt -
om deling blev der ikke talt.
På lillesøsters fødselsdag
Marie skreg på pynt og flag,
erobred' kagerne med magt,
som deres søde mor har bagt.

En gang imellem tårer flød
mens skrig fra pigebarnet lød,
forlangte under larm og støj
at få de andres legetøj.
Hun ændredes på ingen tid,
var ikke mere sød og blid,
og hun, der før var smuk og glad,
blev sur og tvær og fuld af had.

"Marie, stop nu, kære ven"
forgæves bønfaldt moderen
"Det kan gå galt, når det bli'r jul:
Misundelse vil gør' dig gul!"

Nu kom den søde juletid,
hvor nissen brugte al sin flid
så alle fik en gave rar. -
de bedste dog Maries var.
Til lillesøster Idas jul
han bragte nu en kjole gul.
Misundelig Marie blev
og kjolen straks fra Ida rev.

I tårer løber Ida til
sin mor - at søge trøst hun vil.
Marie løb med kjolen hen
og klædte skyndsomst sig i den.

Men det var ikke nok, nej, nej.
Hun hylede og tog på vej
og skældte ud på mor og far,
"De andres gaver bedre var!"

Så løb hun rask til spejlet hen,
hun ville se sig selv igen.
Men hvad var det? - Hvor så hun ud!
for gul var hendes hår og hud.
Hvor blev de røde kinder af?
"Du har fortjent den slemme straf"
sa' moderen, "Det er fordi
du er besat af jalousi".

THE LITTLE GLUTTON.

Oh! how this Mary loved to eat, -
It was her chief delight;
She would have something, sour or sweet
To munch from morn til night.
She to the pantry daily stole,
And slyly she would take,
Sugar, and plums, and sweet meats, too
And apples, nuts, and cake.

Her mother Mary oft reproved
But ah! It did no good;
Munch, nibble chew from morn to night
The little glutton would.

One day, upon some bee-hives near
She chanced to cast her eyes;
"How nice that honey there must taste!"
She cried, and off she flies.

On tiptoe now the hives she nears
Close up to them she creeps
And through the little window frames
Quite cautiously she peeps.
"Oh dear! How good it looks!" she cries,
As she the honey sees;
"I must, I will indeed have some;
It cannot hurt the bees."

And then a hive she gently lifts, -
Oh, foolish, foolish child -
Down, down it falls - out swarm the bees
Buzzing with fury wild.

With fright she shrieks, and tries to run,
But ah! 'tis all in vain;
Upon her light the angry bees
And make her writhe with pain.

For weeks and more did Mary lie
Upon her little bed,
and oh! instead of honey she
On medicine was fed.
Her parents grieved so much at first
Their child so sick to see,
But once more well, with joy they found
Her cured of gluttony.

SLIKKE-RIKKE.

Se, Rikke skulle altid stå
med munden fuld af mad.
At have lidt at tygge på
gjord' pigebarnet glad.
Til køkkenskabet ud hun gik
hver dag og fyldte sig
med sukkersager, kiks og smør
og frugt og flæskesteg.

Og selv om moderen til sidst
blev meget, meget vred
at gnaske, smaske, fylde sig
blev Rikke bare ved.
En dag fik Rikke øje på
en sværm af bier som
til deres stade summende
med honning flittigt kom.

"Det må dog smage sødt og rart".
Hun listed' sig på tå
forsigtigt hen til bierne
og tænkte ikke på,
hvor dumt det var at stille sig
på bierne så tæt,
hun tænkte bare på een ting:
"Den honning får jeg let".

Hun trak en tavle ud; den var
med voks og bier på.
Hun tabte den, det dumme barn
mens de til angreb går.

Hun skriger højt af angst og må
forgæves gå sin vej -
Når bierne er vrede vil
de stikke dig og mig.

I mange mange uger lå
hun i sin lille seng.
og honningmad hun aldrig så
men piller fik i flæng.
Fortvivlede forældrene
hos deres pige sad,
men da hun så var kommet sig,
om slik hun aldrig bad.

SOPHIE SPOILALL.

I never saw a girl or boy
so prone as Sophie to destroy
Whate'er she laid her hands upon
Though tough as wood, or hard as stone.

With Sophie it was all the same
No matter who the thing might claim,
No matter were it choice or rare
For naught did the distroyer care

Her playthings shared the common lot,
Though hers they were, she spared them not.
Her dolls she oft tore limb from limb,
To gratify a foolish whim.

!Fie!" said her mother, "Don't you know
That if you use your playthings so,
Kris Kringle will in wrath refuse
To give you what you might abuse?

Remember how in times gone by,
You've always found a rich supply
Of Christmas presents; but beware
You'll find no more another year."

You'd think such words would surely tend
To make this child her ways amend
But no; she still her course persued
Regardless of advice so good.

But when her mother sees, 'tis plain
That all her arguments are vain,
Says she, "Since I have done my best
I'll let experience do the rest.

Meantime the season of the year
For Christmas gifts was drawing near,
And Sophie doubted not that she
An ample store of them would see.

At length the happy hour was come,
The children led into the room.
Behold, with wonder and surprise
Three tables set before their eyes.
One is for Nelly, one for Ned
And both with choisest treasures spread.

ØDELÆGGEREN SOFIE.

Sofie er en pige som
jeg meget nødigt taler om.
Hvorfor? Jo, ser du - ærligt talt
fordi hun ødelagde alt.

Hvad end hun fik af legetøj
hun rev itu med larm og støj,
og dukker - under støj og larm -
de misted' både ben og arm.

"Fy!" sagde moder, "tænk dog på
det måske galt for dig kan gå,
og Julemanden gider ej
at bringe legetøj til dig.

Og husk dog på, at år for år
du mange fine gaver får.
Tænk, hvis han gjorde rask omkring
og du i år fik ingenting."

Man skulle tro at den besked
vil gøre pigen rigtig ked,
men hun var ganske ligeglad.
Til råd hun aldrig lytte gad.

Men moder ser, hun leder ej
sin datter på den rette vej.
"Jeg har forsøgt så godt jeg kan,
måske erfaring hjælpe kan."

Sig nærmede den skønne tid
hvor julesneen falder hvid.
Sofie var jo sikker på,
hun ville mange gaver få.

Omsider kom den glade dag
med juletræ og julebag.

Men se, hvad nissen han har med
foruden julero og fred.
To borde fyldt med gaver til
en søster Kit og bror Emil.

Nogle kommentarer.

Slikke Rikke:

Bier bliver ofte brugt som advarsel på det, man skal holde fingere fra, måske fordi børn tit er bange for dem. Selv i så fredsommelig en bog som Peter Plys bliver helten betænkelig ved deres summen, da han vil på honningjagt med en blå ballon, især da de nærmer sig hans næse.
Det er bemærkelsesværdigt, at det går ud over næsen, og at en stor, opsvulmet næse virker særlig komisk.

Wilhelm Busch - ham vender vi tilbage til – har skrevet en fortælling om "De små honningtyve" i 1859. Den består af 12 billeder med tekst, og er et af de første eksempler på en tegneserie, som vi kender dem i dag, hvor teksten er af mindre betydning end illustrationerne. De to slemme drenge har muligvis været forgangsmænd for både Max og Moritz og Knold og Tot.

Af tegningerne fremgår at drengenes næser bliver større end deres hoved, og at biernes brod er større end bierne selv.

1) "Du", siger lille Peter til Hansemand,. "lad os gå over til naboens bistade, det er smækfyldt med den lækreste honning".
2) Og de går rigtignok derover og kigge begærligt på naboens bistade.
3) "Den får vi straks fat på" sagde lille Peter, griber bistadet og løfter det, men i samme nu mærker hver af de to slyngler et stik på næsen, som ikke synes at komme helt tilfældigt.
4) "Ha-ha!" siger naboen, som kommer forbi, tilkaldt af deres smertensskrig, "har I lagt mærke til, hvordan det går med honningtyve, løb nu hjem med jeres huskesedler."
5) Og det er en ordentlig stor huskeseddel, de bærer med sig, den ene kan ikke længere genkende den anden.
6) Og mor gloede, da hun så, hvordan de så ud ved hjemkomsten.
7) Far har først skældt voldsomt ud, men så har han villet hjælpe, men uden held, og de to har skreget hele tiden som om de var stukket med spyd.
8) Jamrende sad de foran deres livret, et fad med duftende frikadeller. Faren overvejer frem og tilbage om det kunne hjælpe at trække biernes brod ud, som stadig sad i deres næser.

9) Da smeden var den klogeste i landsbyen, tog faren lille Peter og Hansemand hen til ham. Smeden er en beslutsom mand, griber om broddene med sin store tang og heldigvis lykkedes det at trække dem ud.
10) Nu var det vigtigste foretaget, men sårene, som broddene havde efterladt, måtte læges først, og så måtte lægen dr. Bauxel komme og lægge et stort plaster på hver næse.
11) Og så måtte de ligge i sengen med disse plastre på i 3 uger, før alt var godt igen.
12) Men omsider er de igen blevet rask og har højtideligt svoret ved et fad frikadeller aldrig mere at gå hen til et bistade. Og det skal alle børn lægge sig bag øret, for bierne stikke altid og det er ikke altid man har så resolut en mand som smeden ved hånden, som kan hjælpe ved følgerne af at være en slikmund.

Som en biting bemærkes, at Wilhelm Busch blev opdraget hos sin morbror, der var biavler, og at Busch i en periode præget af opgivende depression selv for alvor overvejede at emigrere til Brasilien for at blive biavler.

Yderligere eksempler på moraliserende digte.

Hillaire Belloc (1870 – 1953) var en fransk-engelsk forfatter. Født i Frankrig nær Versailles flyttede han til England som 5-årig med sin engelske mor, da hun var blevet enke. Han meldte sig som ung til frivillig tjeneste i den franske hær og bevarede sit franske statsborgerskab livet ud, men fik tillige engelsk statsborgerskab i 1902, og var i en årrække Medlem af Parlamentet i Underhuset som repræsentant for de liberale.

Han var en flittig skribent, især hans mundrette digte havde et bredt spektrum, strækkende sig fra kærlighedssonetter til religiøse betragtninger, som især var præget af hans meget ortodokse romersk-katolske overbevisning. I den anden ende af spektret omfattede hans poesi nonsensdigte præget af sprudlende humor, også når der var tale om hans katolske tro. ("Wherever the Catholic sun doth shine, there's laughter and music and good red wine. At least I've always found it so. Benedicamus domino") Ofte trodser hans kortfattede, men rammende sprog ethvert forsøg på oversættelse til dansk, som når han udtrykker håbet om sit eftermæle: ",,,,, let it be said, his sins were scarlet, but his books were red".

Digtene i den lette genre hørte i min australske barndom (katolsk skole!) med til "almen dannelse". ("Be kind and tender to the frog, and do not call him names …") De mest populære handlede om dyr fra flodheste til lamaer, med og uden morale. Derimod er det først som voksen, at jeg stiftede bekendtskab med en af hans morsomste bøger: "Cautionary Tales for Children" fra 1907, som han i fuld alvor tilegner børn mellem 8 og 14. Bogen er illustreret af Basil Temple Blackwood (BTB)

Da digtene falder ind under denne bogs emnekreds, har det moret mig at gengive nogle af dem på dansk.

The Frog

Be kind and tender to the Frog
And do not call him names.
As “Slimey-Skin” or “Polly-Wog”
Or likewise “Uncle James”,
Or “Gap-a-Grin” or “Toad-gone-wrong”
Or “Billy Bandy Knees”.
The Frog is justly sensitive
To epithets like these.

No animal will more repay
A treatment kind and fair.
At least so lonely people say
Who keep a frog (and by the way
They are extremely rare).

Frøen.

Vær god imod den lille frø,
Den er af truet art.
Den kan af øgenavne dø,
Fordi den er så sart.
Sig ikke "Bim-bam-busse-øv"
Og "Dumme storkemad"
Og "Gamle haletudse-røv"
Og "Grine-evig-glad".

Den kommer aldrig i affekt,
Er vismænd sikre på,
Hvis blot man viser den respekt -
(og indimellem et insekt
den ikke selv kan nå).

Rebecca Who Slammed Doors for Fun and Perished Miserably.

A trick that everyone abhors
In little girls is slamming doors.
A wealthy banker's little daughter
Who lived in Palace Green, Bayswater
(By name Rebecca Offendort)
Was given to this furious sport.
She would deliberately go
And slam the door like billy-o!
To make her Uncle Jacob start.
She was not really bad at heart,
But only rather rude and wild;
She was an aggravating child.

It happened that a marble bust
Of Abraham was standing just
Above the door this little lamb
Had carefully prepared to slam.
And down it came! It knocked her flat!
It laid her out! She looked like that.

Her funeral sermon (which was long
And followed by a sacred song)
Mentioned her virtues, it is true,
But dwelt upon her vices too,
And showed the dreadful end of one
Who goes and slams the doors for fun.

The children who were brought to hear
The awful tale from far and near
Were much impressed, and inly swore
They never more would slam the door,
- As often they had done before.

Rebecca, som smækkede med døren for sjov og omkom ynkeligt derved.

Man altid afstand tage bør,
Når piger smækker med en dør.
En bankfinansmands lille datter
Som bo'de hos sin rige fatter
Og hed Rebecca Offendort
Forfalden var til denne sport.
Med vilje listed' hun på tå
Og smækked' døren i – hvorpå
Vor Onkel Josef fik et chok
- Men ellers var hun artig nok
Blot uregerlig vild og fræk
Med andre ærgerlige træk.

Nu hændte det en dag der stod
En marmorbuste på en fod
Af Abraham, som vakler lidt
Ved døren hvor det lille skidt
Gjord' klar at smække døren med
Et vældigt brag. Den tumled' ned!

Hun fregneflad blev tværet ud.
Man efter kisten sendte bud.
Hun bisat blev med præken lang
Og sørgeligste psalmesang.
Man talte lidt om skæbnens baner,
Men mest om hendes dumme vaner.

Og børnene, som sad på rad imens de alle stille bad
Og hørte om den bratte død, hvis ikke man er rigtig sød,
De svor, de aldrig mere vil med vilje smække døren til.
- I hvert fald ikke nær så tit.

Henry King, who chewed bits of string, and was early cut off in Dreadful Agonies.

The chief defect of Henry King
Was chewing little bits of String.
At last he swallowed some which tied
Itself in ugly Knots inside.
Physicians of the utmost fame
Were called at once, but when they came
They answered, as they took their Fees,
"There is no cure for this disease.
Henry will very soon be dead."
His parents stood about his Bed
Lamenting his Untimely Death,
When Henry with his latest Breath
Cried "Oh my friends be warned by me,
That Breakfast, Dinner, Lunch and Tea
Are all the Human Frame requires …"
With that the wretched Child expires.

Teodor, som altid gnaskede på et stykke snor og omkom under gruelige pinsler.

Den største fejl hos Teodor
Var at han altid tygged' snor.
Til sidst han slugte noget som
Gjord' knuder i hans lille vom.
Og landets bedste læger kom
Og ingen tvivl de næred' om
At gordisk knude laved' stop.
"Den aldrig hugges over kan,
Snart døden ta'r den lille mand."
Om sengen står nu alle tæt,
En dreng, af snor og dage mæt,
Fremsagde sine sidste ord,
Mens han endnu var her på jord…
"Vi mennesker har kun behov
For mad og vand, og ikke tov,
Som aldrig løsnes med et hug".

- Og opgav ånden med et suk.

Algernon, who played with a Loaded Gun, and, on missing his Sister, was reprimanded by his Father.

Young Algernon, the Doctor's Son,
Was playing with a Loaded Gun.
He pointed it towards his Sister,
Aimed very carefully, but Missed her!
His father, who was standing near,
The Loud Explosion chanced to hear,
And reprimanded Algernon
For playing with a Loaded Gun.

Emil, som legede med et ladt gevær, og, efter at have forfejlet et skud mod sin søster, fik en reprimande af sin fader.

Se, lægens lille søn, Emil,
Med ladt gevær og listigt smil.
Da søsteren i stuen kom,
Han sigte tog, det sagde BUM.
Dog ingen kugle hende traf,
Emil han skød ved siden af.
Men braget hørte Emils far,
Fra kammeret ved siden af.
En reprimande sønnen fik
På stedet med alvorligt blik.
"Nu må du altså godt la' vær'
At lege med et ladt gevær."

Jim, who ran away from his Nurse, and was eaten by a Lion.

There was a boy, whose name was Jim.
His friends were very kind to him.
They gave him Tea, and Cakes, and Jam
And slices of delicious Ham
And Chocolates with pink inside,
And little tricycles to ride.
And read him Stories through and through,
And even took him to the Zoo –
But there it was a dreadful Fate
Befell him, which I now relate.

You know – at least you *ought* to know.
For I have often told you so –
That Children never are allowed
To leave their Nurses in a Crowd.

Now this was Jim's especial Foible,
He ran away when he was able,
And on this inauspicious day
He slipped his hand and ran away!
He hadn't gone a yard when – Bang!
With open Jaws, a Lion sprang,
And hungrily began to eat
The Boy: beginning at his feet.

Now just imagine how it feels
When first your toes, and then your heels,
And then by gradual degrees,
Your shins and ankles, calves and knees,
are slowly eaten, bit by bit.
No wonder Jim detested it!
No wonder that he shouted "Hi!".

The Honest Keeper heard his cry.
Though very fat he almost ran
To help the little gentleman.
"Ponto!" he ordered as he came
(For Ponto was the Lion's name),
"Ponto!" he cried, with angry Frown,
"Let go, Sir! Down. Sir! Put it down!"

The Lion made a sudden Stop,
He let the Dainty Morsel drop,
And slunk reluctant to his Cage,
Snarling with Disappointed Rage
But when he bent him over Jim,
The Honest Keeper's Eyes were dim.
The Lion having reached his Head
The miserable Boy was dead!

When Nurse informed his Parents, they
Were more concerned that I can say: -
His Mother, as She dried her eyes,
Said "Well – it gives me no surprise,
He would not do as he was told!"
His Father, who was self-controlled,
Bade all the children round attend
To James' miserable End.

Sam, som løb væk fra sin barnepige og følgelig blev ædt af en løve.

Der var en dreng, hvis navn var Sam,
Hans venner søde var ved ham.
Han fyldte chokolader fik
Foruden kilovis af slik.
De gav ham te med kager til
Og legetøj, og sjove spil,
Og læste for ham fra en bog,
Og gerne ud til Zoo de tog.
Men netop her var skæbnen grum,
Fordi den lille Sam var dum.

Nu bør du vide, lille ven,
For det er sagt igen, igen
At holde pigens hånd du må
Når med hende ud du går.

Det netop skete på en tur
Til Zoo, at lille Sam blev sur,
På pigens varme hånd gav slip
Og løb sin vej. Hej-spirre-vip!
Men rundt om hjørnet sa' det BANG!
En sulten løve på ham sprang
Og åd ham som var han giraf
Begyndende fra neden af.

Så tænk dig nu den tanke fæl,
At først din tå, og så din hæl,
Og ankel, skinneben og lår
Lidt efter lidt en løve får.
Uappetitligt æderi.
Det fandt vor Sam sig ikke i,

"La' vær'!" han råbte tem'lig højt.
Det rørte løven ej en døjt.

Dyr' passeren så drengens nød
Og ud i luntetrav han brød
(For han var ret så tyk en mand)
Mon han kan redde Samsemand?
Med myndig røst han gjorde gavn
"Hr. Ponto!" (det var løvens navn)
"Giv slip! Og sit! Din slemme kat!
Og hold nu op med alt dit pjat!"

Nu løven adlød straks og gav
På byttet slip med skuffet "Mjav"
Og sur som Pokker i sit bur
Den fik en dejlig middagslur.

Da passeren kom hen til Sam,
Et syn så sørg'ligt mødte ham,
For løvens æderi betød
At drengen var omsider død.

Da far og mor beskeden fik
Af pigen, gik et øjeblik.
"At lille Sammi løb sin vej
Kan ikke komme bag på mig,
Han aldrig gjord', hvad der blev sagt".
Men far, med ordet i sin magt
Nu drengens skæbne smukt beskrev
For alle i et læserbrev.

George, who played with a dangerous Toy, and suffered a Catastrophe of considerable Dimensions.

When George's Grandmamma was told
That George had been as good as gold,
She promised in the afternoon
To buy him an Immense BALLOON.
And so she did; but when it came,
It got into the candle flame,
And being of a dangerous sort
Exploded with a loud report!

The lights went out! The windows broke!
The room was filled with reeking smoke.
And in the darkness shrieks and yells
Were mingled with electric bells,
And falling masonry and groans,
And crunching, as of broken bones,
And dreadful shrieks, when, worst of all.
The house itself began to fall!
It tottered, shuddering to and fro,
Then crashed into the street below –
Which happened to be Savile Road.

When help arrived, among the dead
Were Cousin Mary, Little Fred,
The Footmen (both of them), the Groom.
The man that cleaned the Billiard-Room,
The chaplain, and the Still-Room Maid.
And I am dreadfully afraid
That Monsieur Champignon, the Chef,
Will now be permanently deaf –

And both his aides are much the same;
While George, who was in part to blame,
Received, you will regret to hear,
A nasty lump behind the ear.

MORAL.

The moral is that little boys
Should not be given dangerous toys.

Lars, som legede med et farligt legetøj, og derved blev offer for en katastrofe af betragtelige dimensioner.

Da Lars's Farmor blev fortalt,
At han var sød, og frem for alt:
Han aldrig gjorde larm og støj
Hun lovede ham legetøj.
Hun sendte bud fra sin salon,
Hvor Lars han fik en BLÅ BALLON,
Men ak! I næste åndedrag
Den sprang i luften med et brag!

Alt lys gik ud og ruder sprang
Ved trykket fra det store BANG!
I mørket hørtes skrig og skrål,
Metallisk lyd fra bøjet stål
Og suk, da loftets stuk faldt ned
Med støv i en uendelighed.
Mens træværk, murværk gik itu
Kom flere skrig. Oh skræk og gru!
Der larmes, støjes overalt.
I tusind stykker sloges alt
Da huset ned på gaden faldt.

Da hjælpen kom, var nøden stor
For Tante Bines bedstemor
Var død, samt præsten, og hvor trist –
En ældre folkepensionist,
Samt viceværten Meyer med
En snedker og en låsesmed
Og blandt de døde ligeså
En fabrikant af skipperskrå.

En gammel mand, som solgte tjald
Blev døv ved det enorme knald.
Og Lars, som bar den største skyld
Bag øret fik en kæmpe byld.

MORALEN.

Moralen er, at legetøj
Er farligt, hvis det laver støj.

And is it true?

And is it true? It is not true,
And if it were, it would not do
For people such as me and you,
Who pretty nearly all day long
Are doing something rather wrong,
Because if things were really so,
You would have perished long ago,
And I would not have lived to write
The noble words that meet your sight
Nor BTB survived to draw
The nicest things you ever saw.

Og er det sandt?

Og er det sandt? Vist er det ej,
Det kan du nok begribe. Nej,
For ellers var det gået dig
Og mig og alle andre som
De smukke vers her handler om.
Hvis ikke man som barn var sød
Og straffen var den visse død
Så var der ingen børn, der kom
Fra barndomstid til alderdom
Og ingen ville få fortalt
Om disse børn, hvor det gik galt.

Wilhelm Busch og hans moraliserende digte.

Multitalentet, der heldigvis ikke blev biavler.

Heinrich Christian Wilhelm Busch (1832 - 1908) var sin tids mest populære karikaturtegner, digter og maler. Født som den ældste af 7 søskende i landsbyen Wiedensahl nær Hannover, blev han i 9 års alderen sendt hjemmefra for at bo hos sin morbroder i nærheden af Göttingen, for dér at få den uddannelse, der hverken var råd eller plads til i barndommens landsby.

Drengen kom i lære som maskiningeniør, men efter godt 3½ år plagede han sine forældre om at komme på kunstakademi, da han mente, at han bedst kunne udvikle sig inden for billedkunsten. Faderen bøjede sig, om end nødigt. Flere års studium i Antwerpen, hvor han især var inspireret af de hollandske mestre, og derefter i München, blev en skuffelse, og den unge Busch måtte erkende, at han ikke kunne leve op til det niveau, han selv havde forestillet sig. Forholdet til forældrene var anspændt, afstanden mellem dem for stor, også i bogstavelig forstand, det gjaldt især moderen, som havde haft svært ved at genkende sin søn under hans første besøg hjemme.

Efter et mislykket forsøg på at slå sig igennem som komponist, og efter et langt sygeleje blev han så desillusioneret, at han overvejede at emigrere til Sydamerika. (se side 32) Han drev omkring og nedskrev folkeeventyr og eksempler på overtro. Så kom vendepunktet i hans liv, da man fra det satiriske blad "Fliegende Blätter" opfordrede ham til at indsende nogle tegninger; det blev hans fremtid.

Busch's satire ramte især spidsborgerne og den katolske gejstlighed. Sidstnævnte skaffede ham både tilhængere som fjender. I "Den fromme Helene" antydedes at hun havde en affære med en præst, og i "Den hellige Antonius fra Padua" bliver hovedpersonen forført af djævelen i balletdragt. Det medførte at bogen var forbudt i Østrig til 1902.

Det folkelige gennembrud kom med 2. oplag af børnebogen "Max und Moritz", den første udgave fra 1863 fik en ret lunken modtagelse. De to slemme drenge, der tyranniserer landsbyen med deres gale streger er karikaturer, Max af en skolekammerat, Moritz af Busch selv, egentlig var de to i virkeligheden meget artige.

Buschs sprogbrug understregede humoren i bogens vers, dels gennem flittig brug af selvskabte ord og lydord (neologismer og onomatopoëtica) dels ved overdreven patos, clichéer og vekslen mellem versefødder; trochae. daktyl, hexameter og indimellem "en stakåndet, hård anapest", (som Johan Ludvig Heiberg udtrykker det i "en Sjæl efter Døden".)

Med Max og Moritz var Busch vers blevet længere og mere elegante, tegningerne mere sammenhængende. Ved at bruge forskellige perspektiver skabte han bevægelse og dermed grundlaget for senere tiders tegneserier, som vi alle kender dem i dag fra vor barndom. Han brugte dog ikke talebobler, som faktisk var et fast element i engelske satiriske tegninger fra 1790erne. Men lydordene var der, kan man forestille sig Superman uden WHAM! POW! KAZOOM!? Busch anvendte dem for yderligere at beskrive hændelserne, saven siger "ritze-ratze", "knusper-knasper" siger det, når drengene gør sig fri af det friskbagte brød, de er blevet bagt i, men de kan også være afdramatiserende: "Rickeracke rikeracke!" siger det, når de knuses i møllen, en tør lyd, så er læseren forskånet for blodige associationer.

Meget tyder på, at Max og Moritz inspirerede den unge tyske skribent Rudolf Dirks til at udgive en af verdens klassiske tegneserier: "The Katzenjammer Kids" kort efter at han var emigreret til USA Med tegninger af Harald Knerr udkom serien første gang i 1897 i New York Journals søndagstillæg, udgivet af Randolf William Hearst.

Efter 15 år medførte en strid om rettigheder at Dirks forlod Hearst og begyndte for sig selv med en næsten identisk serie: "Hans and Fritz", som senere blev til "The Captain and the Kids". De to konkurrerede indbyrdes frem til 1979, hvor "The Captain and the Kids" gik ind. "The Katzenjammer Kids" fortsatte under Kings Features og udkommer endnu som verdens ældste tegneserie. På dansk udkom "The Katzenjammer Kids" som Knold og Tot, og "The Captain and the Kids" som Ole og Peter.

Hovedpersonerne er tvillinger - tydeligvis ikke enæggede (i den første udgave var der endda 3) Der bor sammen med deres adoptivmor Mama og surrogatfar som oprindeligt kom til som skibsbruden sømand, samt The Inspector som var repræsentant for det lokale skolevæsen. Scenen er sat "i de varme lande", Afrika eller muligvis en tropeø i Asien. Begge steder tales en slags engelsk med fed tysk accent, og drengene råder over et uudtømmeligt lager af fyrværkeri.

Fælles for de to parallelle serier var persongalleriet, der omfattede den naive fru Vom, den koleriske kaptajn Vom, den intrigante Inspektør Smæk, den sippede pebermø og guvernante frk. Tippe, den øretæveindbydende Kaj og den evigartige Mitte.

Om Wilhelm Busch havde kendskab til The Katzenjammer Kids vides ikke. Selv kaldte han det værk, der sikrede ham verdensberømmelse, for Nürnbergkram og snurrepiberi, han havde solgt rettighederne til Max og Moritz allerede i 1863 og levede, da Knold og Tot så dagens lys, som inkarneret ungkarl og ensom alkoholist i Mechtshausen, hvor han blev omtalt som "Eneboeren fra Wiedensahl".

Max og Moritz udkom på dansk i 1866 under titlen Karl og Peters spilopper og i 1971 under navnet Max og Moritz. Det har moret mig at skabe min egen gengivelse baseret på den tyske udgave fra 1922, som min mor læste op af, da jeg var 8-9 år gammel.

Das Pusterohr.

Hier sitzt Herr Bartelmann im Frei'n
Und taucht sich eine Brezel ein.
Der Franz mit seinem Pusterohr
Schiesst Bartelmann ans linke Ohr.
Ei, Zapperment! so denkt sich der,
Das kam ja wohl von unten her.
Doch nein – denkt er – es kann nicht sein!
Und taucht die Brezel wieder ein.
Und – witsch – getroffen ist die Brezen
Herrn Bartelmann erfasst Entsetzen.
Und – witsch – jetzt trifft die Kugel gar
Das Aug, das sehr empfindlich war.
So dass dem braven Bartelmann
Die Träne aus den Auge rann.
Ei! Zapperment! – so denkt sich der –
Das kommt ja wohl von oben her! –
Aujau! Er fällt – denn mit Geblase
Schiesst Franz den Pfeil ihm in die Nase.
Da denkt Herr. Bartelmann: Aha!
Dies spitze Ding, das kenn‘ ich ja!
Und freudig kommt ihm die Gedanke:
Der Franz steht hinter dieser Planke!
Und – klapp! – schlägt er mit seinen Topf
Das Pusterohr tief in den Kopf!
Drum schiess mit deinem Püstericht
Auf keine alten Leute nicht!

Pusterøret.

I læ af plankeværket kan man ofte finde Bartelmann.
Han dypper kringlen i sin te, og andet kan han ikke se.
Men gemt bag hegnet sidder Franz og venter på en heldig tjans.
Han sigter med sit pusterør
Og rammer mandens venstre ør'.
For Pokker! tænker Bartel da
Det kom måske dernede fra?
Og dog, det ikke passe kan.
Han dypper brød i teens vand.
Hov! Brødet flyver nu af sted,
Han mærker angstens kolde sved.
Franz skyder så en ært mod øjet,
Bartelmann er misfornøjet.
Og nu står han li' så stille,
Tårer ned fra hagen trille.
Hvad skjuler plankeværket da?
Det kom måske deroppe fra?
Mens han og stolen skrider ud
Han mærker smerter i sin tud.
Den spidse pil i næsen sad,
Men nu er Bartelmannen glad:
"Jeg kender pilens ejermand"
– bag plankeværket anes han.
Da pusterøret dukker frem, slår Bartelmann det atter hjem.
Franz får det i den gale hals, hans unge liv er nu til fals.

Du lære kan af Franz's død:
Skyd ej på folk, som dypper brød.

MAX UND MORITZ

Eine Bubengeschichte in sieben Streichen

Vorwort.

Ach, was muss man oft von bösen
Kindern hören oder lesen,
Wie zum Beispiel hier von diesen,
Welche Max und Moritz hiessen!
Die, anstatt durch weise Lehren
Sich zum Guten zu bekehren,
Oftmals noch darüber lachten
Und sich heimlich lustig machten.
Ja, zu Übeltätigkeit,
Ja, dazu ist man bereit!
Menschen necken, Tiere quälen,
Äpfel, Birnen, Zwetschgen stehlen,
Das ist freilich angenehmer
Und dazu auch viel bequemer
Als in Kirche oder Schule
Festzusitzen auf dem Stuhle.
Aber wehe, wehe, wehe!
Wenn ich auf das Ende sehe!!
Ach, das war ein schlimmes Ding,
Wie es Max und Moritz ging!
Drum ist hier, was sie getrieben,
Abgemalt und aufgeschrieben.

MAX OG MORITZ.

En drengefortælling i syv streger.

FORORD.

Ak, ofte må vi læse om
Vor ungdoms slemme vaner, som
Eksempelvis hos dette par,
Der navnet Max og Moritz bar.
De læste aldrig i en bog,
Men foretrak at gå på rov
I naboernes æbletræ'r,
De rødeste de stjal især.
De skabte altid vildt postyr
Og plaged' mennesker og dyr,
De gjord' af deres lærer nar
Imens de begge ansigt skar.
(De' sjov're er at drille
End at sidde stille
Som en artig lille mus
Ved sin pult og i Guds hus.)
Men ak og ve! Når nu jeg ved
Den grumme skæbne, som de led
Var næppe ufortjent. må jeg
På dette sted fortælle dig,
Med ord og streg udmale straks
Hvordan de døde, Moritz, Max.

Erster Streich.

Mancher gibt sich viele Müh'
Mit dem lieben Federvieh;
Einesteils der Eier wegen,
Welche diese Vögel legen,
Zweitens: weil man dann und wann
Einen Braten essen kann;
Drittens aber nimmt man auch
Ihre Federn zum Gebrauch
In die Kissen und die Pfühle;
Denn man liegt nicht gerne kühle.
Seht, das ist die Witwe Bolte,
Die das auch nicht gerne wollte!
Ihrer Hühner waren drei
Und ein stolzer Hahn dabei.
Max und Moritz dachten nun:
„Was ist hier jetzt wohl zu tun?"
Ganz geschwinde, eins, zwei, drei
Schneiden sie sich Brot entzwei,
In vier Teile jedes Stück
Wie ein kleiner Finger dick.
Diese binden sie an Fäden,
Über Kreutz, ein Stück an jeden,
Und verlegen sie genau
In den Hof der guten Frau.
Kaum hat dies der Hahn gesehen
Fängt er auch schon an zu krähen
Kikeriki! Kikerikih!!
Tak, tak, tak! – Da kommen sie.
Hahn und Hühner schlucken munter

Jedes ein Stück Brot hinunter;
Aber als sie sich besinnen,
konnten keines recht von hinnen.
In die Kreuz und in die Quer
Reissen sie sich hin und her,
Flattern auf und in die Höh',
Ach, herje, herjemineh!
Ach, sie blieben an dem langen
Dürren Ast des Baumes hangen.
Und ihr Hals wird lang und länger,
Ihr Gesang wird bang und bänger.
Jedes legt noch schnell ein Ei
Und da kommt der Tod herbei.
Witwe Bolte in der Kammer
Hört im Bette diesen Jammer;
Ahnungsvoll tritt sie heraus,
Ach, was war das für en Graus!
„Flieget aus dem Aug', ihr Tränen!
All mein Hoffen, all mein Sehnen,
Meines Lebens schönster Traum
Hängt an diesem Apfelbaum!"
Tiefbetrübt und Sorgenschwer
Kriegt sie jetzt das Messer hier,
Nimmt die Toten von den Strängen,
Dass sie so nicht länger hängen,
Und mit stummer Trauerblick
Kehrt sie in ihr Haus zurück.

Dieses war der erste Streich,
Doch der zweite folgt zogleich.

DEN FØRSTE SKARNSSTREG.

Hønseavl gi'r mange glæder,
Biindtægter, ro og hæder.
Først: man hønseæg kan sælge;
Og så kan man også vælge
Mellem hønsesteg og suppe,
Hvis man sig en fugl vil snuppe.
Når man plukker hønemutter,
Får man fjer, som man kan putte
I en pude eller dyne,
Og sig selv med dem forsyne.
Sådan tænkte enken Boldt,
Også hun vil ligge godt.
Hane, høner, fir' tilsammen
Lever der i fryd og gammen.
Aldrig Max og Moritz tøver,
De har alt, hvad de behøver.
Inden høns kan ane fare,
Lægges der en djævelsk snare.
Først et stykke snor de finder,
Fire stykker brød de binder
Fast i vest, øst, syd og norden,
Lægges som et **X** på jorden.
"Kykliky!" den hane skreg,
Snart er alle fir' på vej,
Guffe, guffe, dejligt brød –
Det bli'r deres visse død.
Efterhånden de opdager,
Det er mindre lækre sager,

Rædsel breder sig i haven,
Brød vil ikke ned i maven,
Som i en politisk sætning
Trækker de i hver sin retning.
De med at guffe bliver ved,
Fra høns fløj op til de fløj ned.
Højt at flyve gavner ikke,
Snart begynder de at hikke,
Herre Jemini, der sukkes,
Medens lyset langsomt slukkes.
I et æbletræ de ender,
Råb om nød og hjælp de sender,
Livet slutter mens de kvækker,
Hver et lille æg de lægger.
Enkefruen i sit kammer
Vækkes af den hønsejammer
Sikke't syn der møder hende,

Næppe høns er til at kende.
Tårer står i stride strømme
"Væk er mine fremtidsdrømme!"
Se kun hvor hun står bedrøvet,
Biindtægterne berøvet.
Tungt om hjertet vil hun skære
Ned fra træet sine kære
At de ikke der skal hænge
Uden liv, og inden længe
Går med melankolisk sind
Enken så i huset ind.

Dette var den første streg.
Nummer to er straks på vej.

Zweiter Streich.

Als die gute Witwe Bolte
Sich von ihrem Schmerz erholte,
Dachte sie so hin und her,
Das es wohl das beste wär‘,
Die Verstorb’nen, die hienieden
Schon so frühe abgeschieden,
Ganz im stillen und in Ehren
Gut gebraten zu verzehren.
Freilich war die Trauer gross,
Als sie nun so nackt und bloss
Abgerupft am Herde lagen,
Sie, die einst in schönen Tagen
Bald im Hofe, bald im Garten
Lebensfroh im Sande scharrten.
Ach! Frau Bolte weint aufs neu
Und der Spitz steht auch dabei.
Max und Moritz rochen dieses;
„Schnell auf's Dach gekrochen!“ hiess es,
Durch den Schornstein mit Vergnügen
Sehen sie die Hühner liegen,
Die schon ohne Kopf und Gurgeln
Lieblich in der Pfanne schmurgeln.
Eben geht mit einem Teller
Witwe Bolte in den Keller,
Dass sie von den Sauerkohle
Eine Portion sich hole,
Wofür sie besonders schwärmt,
Wenn es wieder aufgewärmt.
Unterdessen auf dem Dache

Ist man tätig bei der Sache.
Max hat schon mit Vorbedacht
Eine Angel mitgebracht.
Schnupdiwup! Da wird nach oben
Schon ein Huhn heraufgehoben.
Schnupdiwup! Jetzt Num'ro zwei,
Schnupdiwup! Jetzt Num'ro drei!
Und jetzt kommt noch Num'ro vier:
Schnupdiwup! Dich haben wir!
Zwar der Spitz sah es genau
Und er bellt: Rawau! Rawau!
Aber schon sind sie ganz munter
Fort und von dem Dach herunter,
Na! Das wird Spektakel geben,
Denn Frau Bolte kommt soeben;
Angewurzelt stand sie da,
Als sie nach der Pfanne sah.
Alle Hühner waren fort; -
„Spitz!!" – Das war ihr erstes Wort.
„Oh, du Spitz, du Ungetüm!!
Aber wart'! Ich komme ihm!!"
Mit dem Löffel gross und schwer
Geht es über Spitzen her;
Laut ertönt sein Wehgeschrei,
Denn er fühlt sich schuldenfrei.
Max und Moritz im Verstecke
Schnarchen aber an der Hecke
Und vom ganzen Hühnerschmaus
Guckt nur noch ein Bein heraus.

Dieses war der zweite Streich,
Doch der dritte folgt sogleich.

DEN ANDEN SKARNSSTREG.

Næste morgen vågner enken,
Skæver lidt til køkkenskænken
Hvor de fire høns lå stille,
Tænkte at det måske ville
Være mest til alles glæde
(Her begyndte hun at græde
Hun kan ikke lade være,
Savner sine høns så kære)
Om hun her i middagsstunden
Stegte dem til sig og hunden.
Spitz, som hundens kælenavn er
Savner sikkert sine venner.
Med dybe suk hun gik i gang,
Mens hun stille for sig sang.
Snart hovedløs' de lå på rad
I hendes store stegefad.
En liflig duft sig bredte nu
Fra køkkenet og sendte bud
At lækker mad snart var på vej.
Og Max og Moritz råbte "Hej!
Vi op på taget kravle må
Og se om vi kan middag få!"
Og fiskestangen tog de med,
De drenge vidste nok besked!
Den sidste tåre enken fælder,
Går ned af trappen til sin kælder.
Af surkål har hun her et lager,
Og i en skål hun noget tager.
Hun aner ikke, hvad der venter,
Imens hun lidt af kålen henter.

Igennem skorsten drenge fisker,
De haler høns i land og hvisker:
Først en, så to, så tre og fir'
Det bli'r et mægtigt hønsesvir.
Spitz med undren står alene.
Hvad skal han dog tro og mene?
Her er no'ed, han ikke fatter:
Døde høns, som flyver atter?!
VOV VOV VOV han derfor råber
Og på enkens ankomst håber,
Men da han en tid har vovet,
Stikker slyngler af med rovet.
Sikke't syn der venter enken!
Hunden ligger under bænken.
Alle fadene er tomme
Uden tak og velbekomme
Spør', da hun har fattet skaden:
"Hvorfor har du stjålet maden?
Åh, din ækle dumme hund
Dette bli'r din sidste stund!"
Med den tunge ske til kålen
Under megen skrig og råben
Spitz's ryg bli'r gennembanket,
Straffen bliver ikke anket.
Max og Moritz sig fornøjer,
De de sidste ben fordøjer,
Bag en høj ligusterhæk
Driver de nu tiden væk.

Dette var den anden streg.
Tredje skarnsstreg er på vej.

Dritter Streich.

Jedermann im Dorfe kannte
Einen, der sich Böck benannte.
Alltagsröcke, Sonntagsröcke,
Lange Hosen, spitze Fräcke,
Westen mit bequemen Taschen,
Warme Mäntel und Gamaschen,
Alle diese Kleidungssachen
Wusste Schneider Böck zu machen.
Oder wäre was zu flicken,
Abzuschneiden, anzustücken,
Oder gar ein Knopf der Hose
Abgerissen oder lose.
Wie und wo und wann es sei,
Hinter, vorne, einerlei,
Alles macht der Meister Böck,
Denn das ist sein Lebenszweck.
D'rum so hat in der Gemeinde
Jedermann ihn gern zum Freunde.
Aber Max und Moritz dachten,
Wie sie ihn verdriesslich machten.
Nämlich vor des Meisters Hause
Floss ein Wasser mit Gebrause.
Übers Wasser führt ein Steg
Und darüber geht der Weg.
Max und Moritz, gar nicht träge,
Sägen heimlich mit der Säge,
Ritzeratze! voller Tücke,
In die Brücke eine Lücke.

Als nun diese Tat vorbei,

Hört man plötzlich ein Geschrei:

„He heraus! Du Ziegen-Böck!
Schneider, Schneider, mek mek mek!“
Alles konnte Böck ertragen.
Ohne nur ein Wort zu sagen;
Aber, wenn er dies erfuhr,
Ging's ihm wider der Natur.
Schnelle springt er mit der Elle
Über seines Hauses Schwelle;
Denn schon wieder ihm zu Schreck
Tönt ein lautes: „Mek mek mek! !“
Und schon ist er auf der Brücke,
Kracks! Die Brücke bricht in Stücke;
Wieder tönt es: „Mek, mek, mek!“
Plums! Da ist der Schneider weg!
Grad‘ als dieses vorgekommen,
Kommt ein Gänsepaar geschwommen,
Welches Böck in Todeshast
Krampfhaft bei den Beinen fasst.
Beide Gänse in der Hand,
Flattert er auf trocknes Land.
Übrigens bei alle dem
Ist so etwas nicht bequem;
Wie denn Böck von der Geschichte
Auch das Magendrücken kriegte.
Hoch ist hier Frau Böck zu preisen!
Denn ein heisses Bügeleisen
Auf den kalten Leib gebracht,
Hat es wieder gut gemacht.
Bald im Dorf hinauf, hinunter.
Hiess es: „Böck ist wieder munter!“

Dieses war der dritte Streich,
Doch der vierte folgt sogleich.

DEN TREDJE SKARNSSTREG

Skrædder Bloch var kendt af alle.
Byens spidser lod ham kalde
Når til deres garderobe,
Der sku' sys en selskabsrobe
De mindre fine til ham gik
Og så på tøj i hans butik.
Den sidste nye konfektion,
En skjorte til konfirmation
En vest med lommer eller to,
En ny habit af merino
En vinterfrakke, nederdel,
Han dækker hver en legemsdel
Syr knapper i og lapper tøj
Og renser det for fuglemøg.
Kort sagt, han kan sit skrædderfag
Fra Pinafore til buksebag.
Ham vil Max og Moritz drille,
Når nu ingen andre ville.
Foran Blochs hus løb en bæk,
Vandet løber hurtigt væk
Over bækken går en bro
For at skåne kunders sko.
Max og Moritz stjal en fukssvans
("Sav", hvis du er uden sprogsans)
Saver halvt igennem broen
Uden at bli' set af nogen
Gemte sig så bag en hæk
For at drive med ham gæk.
"Hejsa skrædder! Kom nu frem
Ellers går vi aldrig hjem!"
Hr. Bloch han var en rolig mand,

Lidt kundebrok han tåle kan,
Men denne frække parodi
Ham fylder blot med raseri.
Med målestok i hånd han løb
Mod busken hvor to slyngler krøb,
Mens Max og Moritz skreg i sky:
"Hr. skrædderhane, kykliky!"
Han sprang - og sprængte broen med,
det blev en værre red'lighed.
I bækkens meget kolde vand
Forsvandt han nu, den stakkels mand
Mens Max og Moritz løber væk
"Hej dumme skrædder! Gæk-gæk-gæk."
I dødsangst Bloch får øje på
To gæs, som svømmer i hans å.
Han griber fat og holder ved,
De flyver op og ta'r ham med.
Hr. Bloch af åens kolde vand
Er blevet til en slagen mand,
Å-vand giver kolerine,
Bloch får hurtigt mavepine.
Fru Bloch i stuen stod og strøg
Sin kære husbonds søndagstøj.
Hun varme gav ham på hans vom
Og reddede hans alderdom.
I byen vinder rygtet frem
"Hr. Bloch er ovenpå igen"

Dette var den tredje streg.
Nummer fire er på vej.

Vierter Streich.

Also lautet ein Beschluss,
Dass der Mensch was lernen muss.
Nicht allein das A-B-C
Bringt die Menschen in die Höh‘;
Nicht allein im Schreiben, Lesen
Übt sich ein vernünftig Wesen;
Nicht allein in Rechnungssachen
Soll der Mensch sich Mühe machen,
Sondern auch der Weisheit Lehren
Muss man mit Vergnügen hören.
Dass dies mit Verstand geschah,
War Herr Lehrer Lämpel da.
Max und Moritz, diese beiden,
Mochten ihn darum nicht leiden;
Denn wer böse Streiche macht,
Gibt nicht auf den Lehrer acht.
Nun war dieser brave Lehrer
Von dem Tobak ein Verehrer,
Was man ohne alle Frage
Nach des Tages Müh und Plage
Einem guten, alten Mann
Auch von Herzen gönnen kann.
Max und Moritz, unverdrossen,
Sinnen aber schon auf Possen,
Ob vermittelst seiner Pfeifen
Dieser Mann nicht anzugreifen.
Einstens, als es Sonntag wieder
Und Herr Lämpel, brav und bieder,
In der Kirche mit Gefühle
Sass vor seinem Orgelspiele,
Schlichen sich die bösen Buben

In sein Haus und seine Stuben,
Wo die Meerschaumpfeife stand;
Max hält sie in seiner Hand,
Aber Moritz aus der Tasche
Zieht die Flintenpulverflasche,
Und geschwinde, stopf, stopf, stopf!
Pulver in den Pfeifenkopf.
Jetzt nur still und schnell nach Haus,
Denn schon ist die Kirche aus!
Eben schliesst in sanfter Rüh‘
Lämpel seine Kirche zu
Und mit Buch und Notenheften
Nach besorgten Amtsgeschäften
Lenkt er freudig seine Schritte
Zu der heimatlichen Hütte,
Und voll Dankbarkeit sodann
Zündet er sein Pfeifchen an.
„Ach!“ – spricht er – „die grösste Freud‘
Ist doch die Zufriedenheit ! !“
Rums! ! – Da geht die Pfeife los
Mit Getöse, schrecklich gross.
Kaffeetopf und Wasserglas,
Tobaksdose, Tintenfass,
Ofen, Tisch und Sorgensitz
Alles fliegt in Pulverblitz.
Als der Dampf sich nun erhob,
Sieht man Lämpel, der gottlob
Lebend auf dem Rücken liegt;
Doch er hat was abgekriegt.
Nase, Hand, Gesicht und Ohren
Sind so schwarz als wie die Mohren
Und des Haares letzter Schopf

Ist verbrannt bis auf den Kopf.
Wer soll nun die Kinder lehren
Und die Wissenschaft vermehren?
Wer soll nun für Lämpel leiten
Seine Amtestätigkeiten?
Woraus soll der Lehrer rauchen,
Wenn die Pfeife nicht zu brauchen?
Mit der Zeit wird alles heil,
Nur die Pfeife hat ihr Teil.

Dieses war der vierte Streich,
Doch der fünfte folgt sogleich.

DEN FJERDE SKARNSSTREG.

ABC kan alle lære.
Dannelse kan værre være,
Læres ikke kun af regning
Skønskrift, algebra og tegning,
Ting vi i vor barndom glad
Alle lærte udenad.
De lette skolefag, som vi
(så som regulardetri)
Læste dag og nat som mindre
Forår, efterår og vintre
Heller ikke rigtig du'r
Når det handler om kultur.
Oldtidskundskab, klassisk stil,
Er det ekstra, der skal til.
"Ikke tage alt for givet!"
"Ej for skolen, men for livet!"
Skolens kloge lærer, Lempel
Er elevernes eksempel.
Aldrig det en dreng fornøjer
Som vil hel're lave løjer.
Derfor skal hr. Lempel drilles,
Ned fra pi'destalen pilles.
På orgel spiller Lempel Bach
Er forfalden til tobak
De to holdes fra hinanden
Skæg fra snot og Gud fra Fanden.
Først i kirken Lempel øver
Org'lets brus ham ej bedrøver,
Danser næsten til sit hjem,
Tager merskumspiben frem,

Ryger den med salig mine.
Dette er en fast rutine.
Max og Moritz lister stille
Døren op til Lempels lille
Hus – musikken kirken fylder -
Drengene står op på hylder
Og med stor forsigtighed
Tager Lempels pibe ned,
Stopper den med krudt til randen
Mens de smiler til hinanden.
Nu koncerten er til ende,
Lempel kan nu næsen vende
Mod sit hjem med smil fornøjet.
Drengene for længst er fløjet.
Først han kirkedøren låser
(tænker på tobak i dåser)
Nodeark ind under armen
(ser dem stå i vindu's karmen)
Så af sted som bare pokker,
(nikotinen Lempel lokker!)
På en krog nu frakkekjolen
Hænges først og lænestolen
Trækkes frem, så ild i snadden,
Der skal ryges inden maden.
"Den største glæde her på Jord,
Tilfredshed er", var mandens ord.
Med højlydt TJU! og siden BANG!
I luften Lempels pibe sprang,
Nu ryger både stol og bord
Samt kakkelovn fra syd til nord.
Da tågen letter, ligger manden
Stille, men dog ved forstanden.

Hans pibe blev til merskumsstøv,
Ved knaldet blev hr. Lempel døv,
Hans hænder, ansigt, næse sort
Og alt hans hår er svitset bort.
Man næppe kalde kan hr. Lempel
På finkultur et godt eksempel.
Og kan han stå ved org'let klar
Når ingen pibe mer' han har?
Med tiden læges alle sår
Dog næppe pibens mange skår.

Fjerde streg var ret så slem.
Bare vent på nummer fem.

Fünfter Streich.

Wer im Dorfe oder Stadt
Einen Onkel wohnen hat,
Der sei höflich und bescheiden,
Denn das mag der Onkel leiden.
Morgens sagt man: „Guten Morgen!
Haben Sie was zu besorgen?“
Bringt ihm, was er haben muss,
Zeitung, Pfeife, Fidibus.
Oder sollt‘ es wo im Rücken
Drücken, beissen oder zwicken,
Gleich ist man mit Freudigkeit
Dienstbeflissen und bereit.
Oder sei’s nach einer Prise,
Dass der Onkel heftig niese,
Ruft man: „Prosit!“ allsogleich.
„Danke, wohl bekomm‘ es Euch!“
Oder kommt er spät nach Haus,
Zieht man ihm die Stiefel aus,
Holt Pantoffel, Schlafrock, Mütze,
Dass er nicht im Kalten stize,
Kurz, man ist darauf bedacht,
Was dem Onkel Freude macht.
Max und Moritz ihrerseits
Fanden darin keinen Reiz.
Denkt euch nur, welch‘ schlechten Witz
Machten sie mit Onkel Fritz!
Jeder weiss, was so ein Maj-
Käfer für ein Vogel sei.
In den Baumen hin und her
Fliegt und kriecht und krabbelt er.
Max und Moritz, immer munter.

Schütteln sie vom Baum herunter.
In die Tüte von Papiere
Sperren sie die Krabbeltiere.
Fort damit und in die Ecke
Unter Onkel Fritzens Decke!
Bald zu Bett geht Onkel Fritze
In der spitzen Zippelmütze;
Seine Augen macht er zu,
Hüllt sich ein und schläft in Ruh.
Doch die Käfer, kritze kratze!
Kommen schnell aus der Matratze.
Schon sasst einer, der voran,
Onkel Fritzens Nase an.
„Bau!“ – schreit er – „was ist das hier?!!“
Und erfasst das Ungetier.
Und den Onkel, voller Grausen,
Sieht man aus dem Bette sausen.
„Autsch!!“ – Schon wieder hat er einen
Im Genicke, an den Beinen;
Hin und her und rund herum
Kriecht es, fliegst es mit Gebrumm.
Onkel Fritz in dieser Not
Haut und trampelt alles tot.
Guckst ‘e wohl! Jetzt ist’s vorbei
Mit der Käferkrabbelei;
Onkel Fritz har wieder Ruh‘
Und macht seine Augen zu.

Dieses war der fünfte Streich,
Doch der sechste folgt sogleich.

DEN FEMTE SKARNSSTREG.

Er du blandt de lykkelige
Som en onkel har, hør lige.
Uanset hvor du har bopæl
Vær imod din onkel nobel.
Altid vend til glæde sorgen
Hils på ham hver dag: "God morgen!
Er der noget, jeg kan hente?
Øl? Det Nye Testamente?
Tobak? Avisen? Lidt til næsen?"
Altid gør af onkel væsen,
Sig, hvis han får nysestime,
"Gud velsigne dig!" hver time
"Prosit!" "Velbekomme dig!"
Når et nyt nys er på vej.
Hvis det skulle ske, han kommer
Sent i seng med bommelommer
Bør du hjælpe ham med tøjet,
Støvler, slåbrok, gøjemøjet,
Læg din onkel så i kanen
Uden videre formanen.
En lære for livet være må:
Har du en onkel, da skøn derpå!
Max og Moritz syntes at
Dette er no't værre pjat.
Og at deres onkel Fritz
Trænger til en lille vits.
Når de slemme drenge driller
Gør de gerne det med biller.
Oldenborren er just kræet,
Den kan rystes ned fra træet,

Samles op i kilovis,
Pakkes ind i en avis
Som de lægger op i kassen
Mellem dynen og madrassen.
Med sin spidse hue på
Onkel Fritz til sengs vil gå.
Varmen fra hans gamle krop
Vækker oldenborrer op.
Taktfast billerne marcherer,
To og tre og endnu flere
Over Onkel Fritz's dyne
Til de rammer mandens tryne.
Kriblen-krablen ved hans mundvig,
Onkel vågner og gør anskrig
Alle vegne billers kravlen
Ryggen, arme, ben og navlen.
Hopper op fra sengens varme,
Drengene ham hører larme
Mens han brøler, slår og stamper,
Billerne itu han tramper
Med sin tøffel klar til slag
Sikres ingen er tilbag'.
Nu da slaget er til ende
Kan den arme atter vende
Sig mod sengens lunkne varme
Slumre ind i Morfeus arme.

Dette var den femte streg,
Og den sjette venter dig.

Sechster Streich.

In der schönen Osterzeit,
Wenn die frommen Bäckersleut'
Viele süsse Zuckersachen
Backen und zurechte machen,
Wünschten Max und Moritz auch
Sich so etwas zum Gebrauch.
Doch der Bäcker mit Bedacht,
Hat das Backhaus zugemacht.
Also will hier einer stehlen,
Muss er durch den Schlot sich quälen.
Ratsch!! Da kommen die zwei Knaben
Durch den Schornstein, schwarz wie Raben.
Puff!! – Sie fallen in die Kist‘.
Wo das Mehl darinnen ist.
Da! Nun sind sie alle beide
Rund herum so weiss wie Kreide.
Aber schon mit viel Vergnügen
Sehen sie die Brezeln liegen.
Knacks!! – Da bricht der Stuhl entzwei:
Schwapp!! – Da liegen sie im Brei.
Ganz von Kuchenteig umhüllt
Steh'n sie da als Jammerbild.
Gleich erscheint der Meister Bäcker
Und bemerkt die Zuckerlecker.
Eins! zwei, drei! – Eh‘ man's gedacht
Sind zwei Brote d'raus gemacht,
In dem Ofen glüht es noch –
Ruff!! – Damit ins Ofenloch!
Ruff!! Man zieht sie aus der Glut;
Denn nu sind sie braun und gut.
Jeder denkt, die sind perdü!

Aben nein . Noch leben sie.
Knusper, knasper!- Wie zwei Mäuse
Fressen sie durch das Gehäuse;
Und der Meister Bäcker schrie;
„Ach herrjeh! Da laufen sie!“

Dieses war der sechste Streich,
doch der letzte folgt sogleich.

DEN SJETTE SKARNSSTREG.

Påsketid er bagetid.
Bager bager nu med flid
Han har bagt et kagelager
Som jo mest består af – kager.
Bageren ved, hvad han gør,
Han har nemlig låst sin dør.
Men se nu! To uvorne gutter
Gennem husets skorsten smutter.
Ravnesorte ned de falder
Uden væsentlig rabalder,
Lander blødt i hvedemelet,
Svanehvide er de blevet.
Nu går jagten efter kager,
Slik og andre søde sager.
Der er kringler på reolen!
De må stige op på stolen,
Ellers kan de ikke få dem,
Strækker kroppen for at nå dem,
Men på grund af deres nykker
Stolen går i flere stykker.
Begge falder de – tju-hej!
I det store trug med dej.
Kagedej fra top til tå,
Hvordan mon det dem skal gå?
Bager kommer, ser såmænd
Nye store kagemænd.
Ind i ovnen straks med dem
Bagt de bli'r nul komma fem.
Dette brød er noget særligt,
Friskbagt, brunt, og dufter herligt.

Det skal køle af ved døren.
Er de døde nu, for Søren?
Nej! Der høres smasken, gumlen,
Hvisken, tisken, sagte mumlen,
Og mens Bager råber: "Ej!"
Løber drengene der's vej.

Dette var den sjette streg,
Og den sidste er på vej.

Letzter Streich.

Max und Moritz, wehe euch!
Jetzt kommt euer letzter Streich!
Wozu müssen auch die beiden
Löcher in die Säcke schneiden??
Seht, da trägt der Bauer Mecke
Einen seiner Maltersäcke.
Aber kaum dass er von hinnen,
Fängt das Korn schon an zu rinnen.
Und verwundert steht und spricht er:
„Zapperment! Dat Ding werd lichter!“
Hei! Da sieht er voller Freude
Max und Moritz im Getreide.
Rabs!! – In einem grossen Sack
Schaufelt er das Lumpenpack.
Max uns Moritz wird es schwüle,
Denn nun geht es nach der Mühle.
„Meister Müller, he, heran!
Mahl‘ er das, so schnell er kann!“
„Hier damit!“ und in den Trichter
Schüttelt er die Bösewichter.
Rickeracke! Rickeracke!
Geht die Mühle mit Geknacke.
Hier kann man sie noch erblicken
Fein geschroten und in Stücken.
Doch sogleich verzehret sie
Meister Müllers Federvieh.

DEN SYVENDE – OG SIDSTE – SKARNSSTREG.

Helt uden sorg fortæller jeg
om Max og Moritz sidste streg.
Nu driver de med bonden gæk,
med kniv de skærer i hans sæk.
Den stærke bonde på sin ryg
kan bære tred've kilo byg.
Kun det halve er tilbage
når et lille skridt han tager.
"Hva` var ded?" Han så sig om
for at se, hvoraf det kom.
Med et smil han øje straks
får på Moritz, så på Max.
Propper dem i sækken ind
(Han er selv en drillepind)
Løber hurtigt som et lyn
hen til Møller her i by'n.
"Mester Møller. Mal dem straks
Moritz først og siden Max.
Hæld dem i din møllertragt,
så er alt tilendebragt!"
Møllehjulet går, det knaser,
kværner, presser, sammenmaser,
De kom ud som foderpiller,
i et mønster ud de triller
Og i Møllers fede ænder
drengene omsider ender.

Schluss.

Als man dies im Dorf erfuhr.
War von Trauer keine Spur.
Witwe Bolte mild und weich
Sprach: „Sieh da, ich dacht‘ es gleich!“
„Ja, ja, ja!“ rief Meister Böck
„Bosheit ist kein Lebenszweck!“
Drauf, so sprach Herr Lehrer Lämpel:
„Dies ist wieder ein Eksempel!“
„Freilich!“ meint der Zuckerbäcker.
„Warum ist der Mensch so lecker!“
Selbst der gut Onkel Fritze
Sprach: “Das kommt von dumme Witze!“
Doch der brave Bauersmann
Dachte: „Wat geiht meck dat an?!“
Kurz im ganzen Ort herum
Ging ein freudiges Gebrumm:
„Gott sei Dank! Nun ist’s vorbei
Mit der Übeltäterei!!“

AFSLUTNING.

Selv om jungletrommen gik
Ej medlidenhed de fik.
Stille sagde skrædder Bloch:
"Tænkte jeg det ikke nok"
Enken Boldt og hunden Spitz
Sagde li'som Onkel Fritz;
"Livet går nok som det plejer
Uden abekattestreger"
Uden pibe lærer Lempel
Talte om et groft eksempel
På moral hos tidens unge.
Bager Bager rakte tunge.
Med sit hoved lidt på sned
Sagde Bonden: "Ded var ded"
Ingen talte om tragedie,
Nogle tænkte på komedie.
Nå. Gud ske lov er byen fri
For deres dumme drilleri.

Denne bogs Afslutning

inspireret af Hillaire Belloc.

Mit Barn! Brug ikke denne bog
Som kasteskyts mod alt og alle.
Bevar den pænt fordi den jo
ved siden af sit mål kan falde.

Skær ikke tegningerne ud
og fold nu ikke æselører.
Hold bogen tør i regn og slud,
lad andre se, den dig tilhører.

Se til at den i mange år
ser stadig ud, som da du fik den.
og giv den gode leve kår,
så den kan blive en antik ven.

Vask altid dine hænder før
du ville læse eller bede.
og bed for gamle mænd, som tør
fortælle børn om alt det lede.

Forlag: Books on Demand GmbH, København, Danmark
Fremstilling: Books on Demand GmbH, Norderstedt, Tyskland
Bogen er fremstillet efter on-Demand-proces

ISBN 978-87-7691-780-7

FSC
www.fsc.org
MIX
Papir fra
ansvarlige kilder
Paper from
responsible sources
FSC® C105338